연 가 역 설

Cascate

연가역설 Cascate

발행일	2017년 10월 18일			
지은이	윤 혜 령			
펴낸이	손 형 국			
펴낸곳	(주)북랩			
편집인	선일영	편집	이종무, 권혁신, 전수현, 최예은	
디자인	이현수, 김민하, 한수희, 김윤주	제작	박기성, 황동현, 구성우	
마케팅	김회란, 박진관, 김한결			
출판등록	2004. 12. 1(제2012-000051호)			
주소	서울시 금천구 가산디지털 1로 168, 우림라이온스밸리 B동 B113, 114호			
홈페이지	www.book.co.kr			
전화번호	(02)2026-5777	팩스	(02)2026-5747	

ISBN   979-11-5987-807-7 03810 (종이책)   979-11-5987-808-4 05810 (전자책)

이 도서의 국립중앙도서관 출판예정도서목록(CIP)은 서지정보유통지원시스템 홈페이지(http://seoji.nl.go.kr)와 국가자료공동목록시스템(http://www.nl.go.kr/kolisnet)에서 이용하실 수 있습니다. (CIP제어번호: CIP2017026029)

(주)북랩 성공출판의 파트너

북랩 홈페이지와 패밀리 사이트에서 다양한 출판 솔루션을 만나 보세요!

홈페이지 book.co.kr · **블로그** blog.naver.com/essaybook · **원고모집** book@book.co.kr

연 가 역 설

Cascate

윤혜령(Lisa Yoon LES) 지음

북랩 book Lab

　시 창작 과정은 어쩌면 자신의 내면에서 들리는 영
혼의 변주곡들과 진솔하게 마주하는 과정인지도 모르
겠다. 어쩌면 오늘을 살아가는 현대인 누구에게나 물
속 자신의 아름다움에 반한 나르시스의 여유처럼 시
간의 관념에 매몰되기보다는 자신을 물끄러미 응시하
며 미처 의식하지 못하고 지나가 버린 무의식의 기저
에 자리한 소소한 일상을 물끄러미 마주하며 주변에
대한 반추의 과정이 한 번쯤은 필요하지 않을까 생각
해본다. 심연 깊숙하게 가라앉아 발견하지 못했으나
한 때 아름다웠을, 때론 슬픈 이야기 조각들을 끄집어
내는 과정을 통하여 오늘보다 성숙한 내일을 그려 보
는 것처럼 말이다.

　단테가 신곡의 지옥편(Inferno) 묘사에 심혈을 기울여
그려내려 했던 통탄의 여정에 대한 목적이 궁극적으
로는, 독자로 하여금 희망과 스스로의 자유의지를 성
취할 수 있도록 안내하는 길잡이 과정이었으리라 생

각하지 않을 수 없는 것처럼, 윤혜령의 두 번째 시집은 미래를 희망하며 지나간 날들에 대한 결핍을 물끄러미 사색하면서 그 안에 응축되어 꺼내지 못한 희망과 자유의 씨앗을 담아보려 노력했다.

비교 신화학자인 조셉 캠벨이 계획된 삶을 놓을 줄도 알아야 우리를 기다리는 진정한 삶을 만나게 될 것이라고 했던 것처럼(We must let go of the life we have planned, so as to accept the one that is waiting for us.), 우연한 계기로 이 시집을 접하게 되는 독자 여러분 또한 계획하는 습관을 잠시 내려놓고 잠시나마 내면의 자아를 들여다보는 희망과 자유의 시간을 갖는 기회가 되었으면 하는 바람이다.

2017년 10월

윤혜령

CONTENTS

제1장

도서관에서
열리는 신화

시집을 펼쳤다. 난 청동 단추로 장식된 가죽 장화를 신고 덜컹거리는
마차를 타고 뮈토스가 펼쳐지는 숲 속 도서관으로 들어가고 있었다.

도서관에서 열리는 신화

먼 길 떠날 채비
길모퉁이 카페그램 들러
따뜻한 모카로 환승하고
앞사람이 흘리고 간
미완성 택시를 타고
바람 부는 거리를 횡단한다.

다섯 층의 이야기가
새벽안개처럼 피어나는
중앙도서관과의 첫 만남
신화가 별처럼 쏟아지는 곳
일연의 삼국유사를
하이누웰레와 에밀을 헌서하며
팔만대장경 옆자리에 앉아
언제일지 모를 기약 없는
기다림의 시간들

누군가 책장에
익살맞게 써 놓은 낙서
- 여기는 신발 놓는 곳 -
신화가 덜컹거리는 마차를 타고
청동 단추 가죽 장화로 무장한 채
뮈토스의 나르시즘 여행
여기 신발 놓는 곳은
이제 신들의 축제로 꿈틀거리며
내 신화가 열리는 미래

7월 대출 목록

- 견우

비 내리는 오후
견우 찾아 떠나는
숲속 산책로

주인 잃은 견공에게
아쉬움을 남긴 채
길모퉁이 느티나무에게
두툼한 모험을 빌렸구나.

신화를 뿌리째 움켜쥐어
뼈만 앙상하게 솟아난
천 년 은행나무에겐
아사달을 대출하고

지나가는 바람에겐
채워지지 않을
깡마른 그리움을
연장했다지.

직녀의 구름다리를
흐르는 은하수는
속절없이 흐르고
7월이나 되어야
견우가 돌아온단다.

만파식적

폭풍우 바다를 건너
그리던 고향 당도하니
불화와 언쟁 끊임없고
쪼개졌다 합쳐졌다
짝없는 손뼉으로
살아 숨 쉬는 그대 위한
장송곡을 만드나니

버들가지 흔들리는
피리 소리 환청에
고이 묻어둔 대숲의
만파식적 꺼내 드니
읍소에 놀란 가슴
미친 듯 솟아올라
절벽으로 낙하한다.

천 년을 하루처럼 엮은
한 올 한 올 비단 천
새 옷 입은 두레박에
피리 소리 곱게 담아
오직 한 올로 피어나소서.

부러진 날개

얼룩무늬 제복을 입고
조국을 지키겠다고 떠난
네 방에 덩그마니 남겨진
지구촌 신화 이야기
애꾸눈 오딘을 찬미하며
경건하게 펴덕이던 날개
허공에 펼쳐본다.

요동치는 날개를 접고
리모컨을 만지작거리니
신화와 전설의 장소가
하늘 지붕 박물관에
생생한 내레이션으로
팔딱팔딱 살아난다.

리모컨으로 마주한 왕국

재주 많은 벗처럼, 난봉꾼처럼

절단된 상상 암흑으로 가라앉고

신화와 전설 인각사에 봉인한 채

웃음 좋은 이야기꾼 보각국사

손사래를 치며 수염만 쓰다듬는다.

의상대사 독백

내일이면 고향으로
돌아간다는 말에
언뜻 보이던
그대 눈가의 이슬은
눈물이 아닐 것이외다.

말갛게 다문 입술
하염없는 눈빛으로
내 가는 길
두 손 모아 비는 그대

길고 고운 손길에
살짝살짝 비추던
그대의 연정 나는 보지 못하오.

꺼질 듯 꺼지지 않는 촛불은
나를 향한 그대 염원
그대의 영혼이 깃든 까닭이지요.

내 다음 생엔 그대의 지아비
천 년 연정 라온제나로 피어
그대 곁을 지키리라.

선묘낭자 독백

다시 오지 못하는 길
그대 정녕 가시렵니까.
내 눈물 못 본 체하며
그리 차가운 뒷모습으로
깨달음을 향한 고행의 들찬길
기어이 떠나시나이까.

푸른 달 아래 꽉 다문 입술
아뇩다라 설파하는 반야의 눈길
별솥처럼 피어나
피안의 세계 어디쯤인지
그대의 눈길 머무는 곳
꼬리별 되어 도닐겠나이다.

그대 손에 쥐어진 목탁으로

그대와 닿을 수 있다면

내 다음 생엔 고운 소리 목탁으로

예님의 그림자처럼

그대 곁에 드리우렵니다.

부석사

부석사 가온길
눈부신 5월의 태양 아래
사과나무 꽃 한 아름 흐드러진다.

반야심경 독경 소리는
5월에 피어나는 기쁨해 라라
의상 아뇩다라와 선묘 목탁의
새 솔처럼 푸르른 봄볕의 선물

천 년의 세월을 거슬러
반야의 사내 아뇩다라
미르 여인의 목탁이
예그리나 두빛나래로
굽이굽이 부석사를 출렁이누나.

연가역설

노역으로 허리가 휜 사내
수레 가득 잠자리를 쏟아내면
낙하하는 벽돌이 물에 잠긴다.
저기, 잠든 옥잠화 사이로
잠자리 날아오른다.

표류하다 지친
영혼 담은 푸른 이끼
헌 옷 입고 부식하는
돌덩이 감싸 안고
비상하는 나비에게
생명의 손짓 한 번
지옥문 연가에
출구 없이 가라앉았다.

아지랑이 찰랑이는
물빛 찬란한, 이
쏟아지는 햇살에
멍든 그리움 안고
미아가 된 참회의 아우성
저 너머 로댕, 그 통한의
연가를 새김질한다.

회색빛 운동화

눈 오는 날
회색빛 운동화는 슬프다.
온 세상은 하얗고
엄마 잃은 말발굽 소리
뚜벅뚜벅 슬픔으로 걸어왔다.

비 오는 날
회색빛 운동화는 슬프다.
새벽녘 고양이 울음소리
아침을 열지 못하고
신음으로 비에 젖었다.

햇빛 쨍한 날
노트 끝자락에
말발굽 소리를 그리려다
고양이 신음소리를 보았다.
운동화, 주인 없이 나뒹군다.

아이야,
아이야,
문을 열어다오.
세상을 열어다오.

노을

개나리 피어오르던 날
꿈 하나 달에 걸어두었더니
고양이 뒷걸음질처럼 느리게
백일의 인내를 견디며 왔다.

한낮 뜨겁게 타오르던 벼 이삭
황금으로 물들지 못하고
초록 옷고름 곱게 단장할 때

저무는 태양에 걸려 넘어진
철새들 기웃거리는 바다에서
노을로 환생한 너와 마주한다.

에스프레

소리없이
차디차던
너의숨결
위험스레
흔들리면
입술위로
부드럽게
젖어들어
숨을쉰다.

단한방울
생명으로
피어날제
서책詩로
사랑스레
나래펴라
에스프레
소美영감.

제2장

아브라의 황금 가을

이 지구에 또다시 가을이 왔다. 내 가을은 열매가 찬란한 황금색이다.
아브라의 가을은 아직 어둡고 슬프다. 이 세상 모든 아이들에게 황금
색 열매가 열리는 가을을 내려주소서.

피안의 선물

내 심장을 흐르는 피안
깊숙한 곳에 그대를 숨길게요.

자전거 페달에 흔들리던
야생 갈대가 그늘을 만들어
짝 잃은 물오리를 초대하고
저기 후미진 곳에서 참새들은
물오리 이야기를 찧느라 바쁜데
내 심장은 그대를 숨기느라
살이 찢기는 고통을 견뎌요.

부서진 책상 하나, 의자 하나
숲속 오두막에 덩그렁 남기고
떠나버린 그대, 피안 어느 곳
눈비 맞으며 돌아오는 날
심장 속에 감춘 햇빛 한 줌
그대 젖은 책상 위에 놓아둘게요.

아브라의 황금 가을

가을이에요.

내 숲은 황금빛으로 빛나고

과일이 익어가고 곡식이 열려요.

내 노을이 익어가는 시간

아브라는 검은 거울을 메고

아르카의 회색 숲으로 걸어가죠.

황금빛 생명으로 빛나던

비옥한 아르카의 가을 숲

쇠창살과 돌멩이로 가득해요.

어제는 신의 축복이었던

아브라의 숨결 깃든 나무들

네페르카프타의 검은 마법으로 멍들어요.

마법이 풀리는 태엽을 안고

희망이 소생하는

열매가 피어나는 땅

새소리 사랑스러운 동산

금빛 태양 회귀를 꿈꾸는 곳

그곳으로 가요. 우리

권태의 신탁

고드름이 열리는
텅 빈 겨울 한복판
겹겹이 털옷 외투를 동여매고도
겨울을 밀어낼 태양은 아직 어둡구나.

도서관 2층에서 내려다보는 광장
검은 외투에 봄빛 카메라를 든 남자
문헌 더미 파묻힌 창문을 올려다보며
찰나에 멈추어 영원을 열망하는가.

시간의 엘리베이터에 갇힌 세멜레
권태의 신탁을 지키는 영원의 제우스
뮈토스의 지혜를 담은 천 년 향수가
영겁의 다리 너머 기기에게 전해질까.

남자는 신들의 전설을 지키지 못한 채
고드름과 씨름하며 광장을 서성거리고
카메라는 천 년의 기억을 따라 흔들거린다.
신화를 담아낸 봄은 어디쯤 오는가.

4월의 연인이여

09시 15분 pm
10월 코트 깃을 여미고
차창의 4월 연인을 만난다.

지금은
가을이 익어가는 10월
난 아직 4월 속에 서 있다.

라일락이 움트는
잔인한 생명력
엘리엇의 4월처럼

치열한 생명력으로
무장한 허무한 열정
전혜린의 4월처럼

나의 4월은 여전히
생명과 허무를 탑재한 채
잔인한 10월

깊어가는 10월의 절벽에서
연인과 함께한 4월은
하늘빛 가로등에 지쳐간다.

10시 15분 pm
이제 버스에서 내릴 시간
내 연인에게도 안녕

4월과 10월을 오가는
내 상념의 4월 연인이여

경복궁에 내리는 가을

경복궁 담벼락에
낙엽이 떨어지니
가을이 내게
말을 걸어옵니다.

두지에 갇혀
아버지를 원망하던
시린 그리움에 지친
애잔한 왕세자 그에게도

떠나는 임
온몸으로 지키려
낙엽으로 떨어지던
왕조의 여인에게도

어김없이 찾아와
따뜻한 말을 건네며
내일을 담아주던
그 가을입니다.

천 가지 별빛으로
가을을 내리며
호수에게 말을 거는
경복궁 담벼락은

사랑스러운
그대와 동행하는
내일을 향한
하늘빛 과거입니까

낙엽

여름을 벗었다
회색빛 도는
가을 외투를 감고
도심 위에 잠시 멈춘
버스에 몸을 기대본다.
태양을 따라 성급하게
달려온 계절은
상처 난 너의 하루처럼
곱게 물들지 못하고
덜 익은 낙엽들로 흩어지고
빛을 잃어 창백해진
고엽을 흩뿌리면
너울거리는 그림자 위에
쓰다만 서툰 편지 같은
생채기 인생 보듬어본다.

의식의 지하, 무의식

힘겹게 매달린 채
홀로 남은 나뭇잎
휘익 하는 바람 소리에
날카로운 비명으로 떨어져

누군가는 그를 밟고
말 한마디 없이 스쳐 가고
어떤 이는 툭툭 차면서
낄낄거리며 지나친다.

봄,
움트는 생명으로 잉태하여
무더운 여름, 녹음으로 그늘지며
치열하게 사느라 가을로 떨어져
지치고 병든 몸

나무에서 분리된
외로운 마지막 잎새
심폐소생술을 마치고도
되돌아가지 못하는 삶

넌,
그러나 이제 의식의 지하에서
전쟁 같은 사투를 벌이며
서서히 생명으로 하예라.

마지막 나뭇잎을 향한
간절했던 심폐소생술은
너의 또 다른 탄생을 위한
그의 따스한 미소

찬 서리 머금고, 봄

불그스레 아차 누렇게 빛바랜
바가지를 덮은 장독대야
빛이 아직 차갑구나.

파르르 떨리는 장작더미 봄불을
온몸으로 타오르는 가마솥아
바람이 미처 멈추질 못했구나.

또르르 내려앉은 찬 서리 머금고
겨울을 견디어 낸 기왓장아
봄볕이 아차차 겨를 없이 왔구나.

싹으로 움트는 나뭇잎보다
화려하게 단장한 봄꽃보다
사각사각 다가오는 춘풍의 넋두리
보듬고 싶은 봄의 전령들이여.

제3장

왕자님의 정원

벽에 새겨진 시간을 청동으로 지웠더니 지오바니 왕자님 정원에 내려 앉았다. 레몬트리가, 대나무 숲이, 옹기종기 모여 앉아 담소하는 노인들을 위한 작은 사랑채가 그곳에 있었다.

에스프레소 페르소나

아이폰을 꺼내 든 남자
고서점 가는 길을 안내하면
에스프레소로 긴 새벽을 열어
노트르담 지나 책방으로 간다.

사교적 가면으로 친구가 될
순례자로 가득한 서고 파티장
연인들로 붐비는 구석진 계단
소음 가득한 바벨 메모판에
사랑스러운 모국어 코드를 남기고
어린 왕자를 감싸며 하강한다.

세상 향해 팔 벌린 장승을 지나
그들처럼 페르소나를 걸치고
해맑은 코끼리 천사와 조우한 후
미로 앞에서 길을 잃은 그대

퇴화된 글자의 잔해는
벌레의 배설물과 뒤섞이고
탈출을 고뇌하는 시야 가득
눈에 익은 두툼한 지옥과 연옥
미동도 없이 구석에 폐위된 천국
몇백 년을 기다린 인페르노를 보며
읊조려 보는 파라디소 수레바퀴

먼지 쌓인 책방은
따스한 향기로 흐르고
옆자리 배낭 가방 그녀
신화적 표정으로
멋쩍은 웃음을 보낸다.
- 우리 전에 만난 적 있던가요. -

에펠탑 머그컵

노트르담 성당 근처
고서점의 눅눅한
책 향기가 먼 길 따라
내 곁에 앉았다.
세느 강을 거닐던
어느 사랑스러운
연인의 입맞춤이
구름처럼 피어나고

지친 나그네에게
선사하던 길모퉁이
연주곡이 나를 위해
튜닝을 한다.

하얀 거품 휘저으면
커피 향 가득한
머그잔에 낙화하는
에펠탑 추억의 파편들

지오바니 독백

- 이국에서의 하루

태양이 어둠을 재워
이슬로 세수하고 아침을 보채면
이조 참판 댁 대청마루에 걸터앉아
어제를 씻어낸 하루를 펼쳐봅니다.

게으른 미소로 집 앞을 거닐면
밭갈이 나선 황소가 가볍게 인사하고
대지를 흔드는 아낙네의 재잘거림이
나그네의 발길을 간질이죠.
참판 댁은 정갈한 여행의 책갈피
저 너머 산자락이 그곳입니까
곧은 절개 사방으로 둘러싸여
귀에 꽂은 댓잎 전사들이 잠든 곳

우거진 대나무 숲 흐릿한 발자국
희망의 날실과 천 년의 씨실 엮어
작은 바구니 건네고 돌아서 가는
상투머리 헝클어진 노인의 뒷모습

조반으로 맛보았던 대나무밥인가
곧은 부드러움 담긴 바구니인가
숲의 정령 깃든 아침 이고 지고
고향으로 돌아가 보렵니다.

왕자님의 정원

이국 어느 나라를 다녀오셨나.
지오바니 왕자님 여행 다녀오신 후
레몬트리를 정원 한가득 심어두고
황금빛 열매가 익어가는 순간을
생명수인 양 바라보시네.

이번엔 더 먼 곳을 다녀오셨나.
동양의 작은 나라에서
곱지도 않은 길쭉한 나무들을
이고 지고 귀환하셨네.

빛이 구름을 따르던 어느 날
적막한 정원 가장자리에
자그마한 집 하나 생겼다는군.
힘들고 지친 노인들을 초대할 집
세상 풍파에 지친 영혼으로
돌아온 왕자님의 정원
잃어버린 동심으로 이국을 만나고

내면에 침잠한 자아를 응시하며
댓잎에 비친 자신과 마주하는 시간

몇백 년이 지나 다시 찾은 정원
옛 주인은 간데없고 그의 풍류만
콘서트홀과 박물관으로 남아
정원 곳곳에서 여행객을 반기는구나.

박물관 한쪽 벽에 걸린
쓸쓸한 그의 초상화를 만나고
천천히 뒤돌아 나오는 길
레몬 하나 땅에 떨어져
하염없는 그리움만 바람에 시리구나.

시간의 광장

- 프러포즈

왕가의 정결한 비단을 두르고
인도양을 건너온 부부와 동행하는
그리움으로 출렁이는 금빛 바다
- 뱃사공아,
물의 마을로 노 저어 가자꾸나. -

고단함을 견뎌낸 광활한 마르코 광장
축제를 기다리는 불멸의 핑크빛 가로등
석양은 연인을 위한 폭죽을 날리고
노을 붓으로 한 폭의 그림을 그리려네.

무릎 꿇은 그의 손에 흐르는 반지
사랑의 광채로 연인의 영혼에 맞닿으면
광장 비둘기들의 기원을 담은 꽃다발
한 잎 한 잎 분수로 힘차게 차오르누나.

그에게 가는 길

걸어서 가는 길이란다.
제법 운치가 있단다.
그런 줄만 알았다.

베키오 다리를 건널 때면
마주치는 수줍은 연인들
기도하듯 서로를 바라보며
녹슨 사랑의 열쇠를 맹세한다.
자전거 페달을 장난스레 밟으며
물장구를 치고 지나가는 아이에겐
눈을 게슴츠레 흘겨본다.

언덕을 오르며 바라본 하늘
어느새 태양은 고운 빛으로
단장하고 포즈를 취하니 셔터를 눌러
석양에게 사진 한 장 선사한다.

플로렌스의 꽃은 지천에 흐드러지고
마을 교회의 담벼락을 지나고도
한참을 바라보는 꽃의 마을

정원이 넓은 교회 앞
15세기 메디치 왕가에서
시간 여행을 온 여행객인지
머리에 보랏빛 플로라를
장식하고 순백의 드레스를
입은 여인이 지나쳐간다.

그와 약속한 언덕 저만치
마침내 눈에 들어오는 광장
눈에는 보이지만
손으로 만질 수 없는
허망한 거리의 모순에도
아이리스 플로렌스는
지칠 줄 모르고 홍겹다.

비라도 쏟아질 것처럼
흐려진 날씨 탓인지
그는 잠시 몹시도
우울하고 슬픈 표정으로
광장을 둘러보더니
언제 그랬냐는 듯
희미하고 절제된 미소로
여전히 나를 반긴다.

그의 눈부신 광채는
바실리카 도시를 살리고
조각가가 거꾸로 매달려
그림을 그린다고 불평하던
소네트에 선율을 불어넣으며
몇백 년이 지나도록 마법처럼
사람들을 불러 모은다.

열쇠 장식을 만지며
영원을 다짐하던 연인들도
머리에 꽃장식을 한 시간의 순례자도
흙탕물을 튀기며 자전거 페달을
심술궂게 밟고 지나가던 아이도
천사의 얼굴로 이곳에 서 있다.
그와 함께

바다로 간 사람들[1]

고기잡이 나간 노라의 오빠는 돌아오지 않고
그의 낡은 신발만 목사님 손에 들려왔다.
매서운 바람에 찢긴 파도는 광폭하고
며칠 전 사다 놓은 널빤지를 바라보며
엄마는 나지막이 혼잣말을 내뱉는다.
"네 오빠 시체가 떠내려오면
관을 짜야 하지 않겠니."

고기잡이로 거칠어지고
부어오른 손 수줍게 어루만지며
바다로 나가신 우리 어머니
이틀이 지나도록 돌아오지 않고
하얀 천으로 둘러싸인 천막 지붕
휘청대는 우리 집 앞마당.
아리스의 눈물로 나풀거린다.
창백한 천정 하늘을 뚫을 듯 관을 준비하고
어머니의 시체가 떠내려오면 시작될 장례식

....

1   J. M. Singe의 희곡 작품 제목 'Riders to the sea'

집에 홀로 남겨진 노라의 작은 오빠
새로 사다 놓은 밧줄을 챙겨
말을 타고 바다로 나가고
엄마는 그를 따르는 회색빛 조랑말을 보며
측백나무 아래 갓난아기를 안고 죽은
여인을 보고 말았단다.
수천수만의 말보다 빛나던 아들의 뒷모습
희뿌옇게 사라지는 검은 기사단의 행렬

어제처럼 고기잡이 나가신 우리 어머니
쏜살같이 차오른 물살을 피하지 못해
파도에 휩쓸려 가는 것을 보았다는 증언
슬픔 가득 담긴 동네 사람들의 눈빛은
이내 주검을 밝혀낼 검시관처럼 반짝이고
관을 짜야겠다며 널빤지를 준비하면
오늘은 더 이상 어제의 그날이 아니다.

바다에서 태어나 바다로 돌아간 사람들
나들이 나온 육지에서 죽음 직전에 만난
배 한 척의 회상은 펜드라고에서 가져온
시간을 사는 선물 같은 유물이라 전하란다.

아케론 강 너머

비너스의 입맞춤으로
시작된 뜨거운 여행

탐욕과 분노를 걸러내어
아케론 강에 버려도
사자의 황금 갈기는
카론의 청동 노보다 탐욕스럽다.

일곱 개의 잔상을 새기고
산맥을 넘어 봉우리를 행진할 때
어깨너머 너울대는 질투와 교만
탐식에 눈먼 표범에게나 먹여주렴

미소를 머금은 작은 태양이여
소우주 속에서 사색하는 그대여
내 안의 자유 우주를 열어
사랑이 그대를 움직이게 하는가.

라 피아

아름다운 피아여
피로 물든 드레스 자락 숨기며
플라타너스 기웃대는 창문가에 앉아
무엇을 기다리는가.

고해성사로 떠오른 대지의 태양
밀려오는 파도에 숨겨둔 기원 담아
쏟아지는 별 무리 촘촘히 수놓아도
그대 위한 지상의 기도는
천 년 유배의 잔을 들었던가.

문명을 거슬러 그대 창문에 닿은
플라타너스 가지에 별빛 수레를 달고
하늘 향한 작은 숲에 길을 내어
절망의 핏자국 희망으로 채우소서.
그대 향한 내 작은 기도로

제4장

꿈꾸는 달

달 속에 꿈을 숨겨두지 않았다면, 내 삶은 작은 바람에도 흔들렸을지 몰라. 네가 힘들 때 바라볼 수 있는 그 무엇을 만들어봐. 예를 들면, 음, 별이 있어서 소리 없이 희망을 노래할 수 있는 것처럼. 그 별이 어느 날 노을로, 혹은 작은 들꽃으로 다가와 너와 마주할 수 있도록 말이야.

꿈꾸는 달

아침 조간 뉴스
취업 정보 가득한
꾸러미가 배달되면
그럴듯한 꿈 하나
동그랗게 펼쳐 읽어본다.

오늘보다 나은
내일을 노래하며
희망으로 가는
동그라미 표시된
세상 다리를 건널 때

내 동심의 꿈
떠오르는 달 속에
깊이 침잠한 채
돌아오지 않을
유년의 레테

달 속에 갇혀
꺼낼 수조차 없는
어릴 적 꿈 한 조각
네가 일어나는 날
부디 기억하렴.

한 때는
꿈꾸는 달이
어둠 속 그늘에서
희망으로 찬란한
너를 기다렸다고.

밥 한 톨

밥 한 톨 땅에 떨어졌다.
사랑이 떨어진다.
무참히 떨어진 사랑은
할머니의 전투로 귀환한다.

할머니의 벌어진 입은
손주 녀석이 떨어뜨린
밥 한 톨마저 잽싸게 되돌리는
철저하게 무장 해제된 사랑

크리스찬 베일을 흉내 내는
아들 녀석 배우가 된다나
밥 한 톨 바닥에 떨어졌다.
무장 해제된 사랑을 배우지 못했다.

어머니의 무한한 사랑을
학습하기엔 20년도 하루 같다.
평생학습으로도 불가능한
거북 등껍질 같은 사랑의 심연

망자의 그리움

집안에 가득 든
햇살을 머금으며
나비잠 자는 그대여

두 팔 벌려
깊이 잠든 아기처럼
대지가 그대를 잠재우누나.

국화 닮은 가을볕은 왔건만
노고지리 한 마리 울지 않고
도래솔만 태양을 등지고 앉았네.

지난해 다녀가신 임
해거름이 지나도록 소식 없고
스치던 국화 향 아스라이 저무는데

새. 하. 마. 노에
시든 태양의 흔적처럼
늦가을 서리만 가득히 차갑구나.

기침 소리

서쪽 산기슭에 사는
김 노인의 기침 소리
동쪽 산모퉁이를
흔들며 콜록콜록

장에 다녀오는 길
낡은 시골 버스는
김 노인의 마른기침으로
쉴 새 없이 덜컹덜컹

도라지와 생강
팔팔 끓는 냄비에 넣어
100°C를 넘기고도
기침 소리 비등점은
여전히 덜컹덜컹

밭갈이 나서는 소

새벽을 알리는 꼬끼오 닭도
아침을 비켜줄 어스름 달빛도
들풀 위의 영롱한 새벽이슬도
새로운 내 밭갈이 이야기에
귀 기울이다 길을 잃었나.

어제는 해가 보이는 언덕 위 돌밭을
오늘은 그늘진 음지쪽 밭으로 갈까나
우리 집 우돌이와 함께 하는 시간은
비 온 후 구름처럼 쏜살같이 달려
녀석의 그림자를 길게 그려놓곤 하지.

소를 끌고 집으로 가는 저 노인
다른 한 손엔 갈대 피리를 들고
구성지게 노랫가락 뽑아내면
함께 걷는 밭갈이 소가 신명난 듯
흔들리는 워낭으로 장단을 맞추네.

소리 없는 희망

폭풍우에 휩쓸려
온몸이 축축하게 젖어도

부정 승차 적발되어
따가운 화살 맞고도

수능 낭패로 피시방 구석
치열한 전장 중에도

1503호 병동 병실에
저당 잡힌 허망한 시간에도

오라 내일의 희망이여
구름처럼, 바람처럼,
안개처럼 소리도 없이

절름발이 바다

바다가 갈라지고 열리며
길이 되어 기적이 일어난단다.
누군가는 유년에 기적을 만나고
누군가는 네모난 티브이에서
기적을 만난다.

누군가 비를 타고 내려와
양쪽 바다를 만든 후 잠시 쉬어 가려
펼쳐둔 저 너머 언덕배기 둑 놀이터에서
노을을 바라보며 고무줄넘기를 하고
숨바꼭질을 했었지.

여전히 바다는 그곳에 있다.
허리춤이 두 동강 난 채로
한쪽은 바다, 다른 한쪽은 논과 밭
사람들은 간척사업이라 부르더라.

바다를 가르며 우뚝 솟은
철새들의 놀이터에 앉아
시인이 되어 바다를 그리겠다던
아이는 그곳에 다시 앉았다.

바다는 시나브로 절름발이가 되고
기억은 질퍽한 진흙 속에 잠겼으며
민박 갈매기 갈매기를 사는 곳
짱뚱어 길을 잃고 기적은 매장되었다.
바다를 그리지도 못한 채
시인은 사라지고 성장 멈춘 아이여!

바람에 흔들리는 달빛

대롱대롱 나뭇잎 하나
세찬 바람에 칼날처럼
파르르 떨더니 힘없이
굴러떨어져 축 늘어진다.

어젯밤 산들바람엔
사랑스러운 빛깔로
아름다운 자태를 뽐내며
달빛을 유혹하더니

이른 저녁 분노에 찬 그대
칼날처럼 붉은 혈색
불꽃처럼 타오르다
나뭇잎으로 떨어질까

지난밤
온화한 미소로
천 리 길을 달려
별빛처럼 빛나던 그대

반추의 시계는 한낮의 꿈
흔들리고 떨어지나니
검의 심연을 응시하면
스치는 바람에도 청청하려나.

클러치를 든 그녀

내 곁을 스쳐 가네.
클러치를 든 그녀
코끝을 간질이는
그녀의 가을꽃 향기

노트북에 탑재된 채
그녀의 지성이 되어 주는
기호, 코드, 빅데이터
아차! 백 팩에서 사라졌네.

중력으로 축 늘어진 백 팩
그 안에 유영하던 화려한 물고기
그녀의 심장에 닿기 위해
오늘도 몇 시간을 헤엄치다
그녀의 머릿속만 훔쳤네.

커피 물고기

내 머릿속에는
물고기가 살아 숨 쉰다.
한 마리는 모카
또 한 마리는 마끼아또
다른 한 마리는 라떼

한밤 잠들지 못하고
팔딱팔딱
새벽녘까지 두뇌 싸움
마끼아또 승
물고기의 과학적 근거는
아직도 유효

그렇게 내 새벽은
심장 소리 쿵쾅거리며
세 마리 물고기와 함께
하얗게 밝았다.

잔인한 눈뜬 아침이 온다.

엄마와 양귀비

칼날 같던 통증
온몸을 찌르고
고고하던 붉은 빛 자태
한 모금 휘감아
꽃잎으로 떨구었구나.

고통은 오롯이
존재의 새벽녘 하루
장독대 뒤 켠
고고한 한 송이
따스한 새벽으로 마주하고

외로이 흐르던
정맥을 찢기는 통증
그 날의 아픔 담아
처연한 붉은 사랑
양귀비로 피어난 것이냐

인연

파도처럼 넘치는
두 어머니의 새벽 정안수
그에게 넘쳐흘러
폭풍우가 되고

어느 두메산골
툇마루 절간
반야의 수행 길이
개벽처럼 열린다.

칠흑의 어두운
고요와 고뇌의 돌계단
저 멀리 반딧불처럼
반짝이는 백호의 눈빛
그의 길 위에 출렁이고

어머니의 손에 이끌려
처음처럼 수줍은 아낙
아녹다라 그의 눈빛과
인연으로 설레라.

마지막 열차

마지막 꽃잎이
지는 순간
당고개행 열차가
출발을 알린다.

마지막 꽃잎을
태우기 위해
열차는 내내
달리고 또 달렸다.

꽃잎은
오늘이 자신의
마지막 날인 것을
알고 있을까

열차는 꽃잎과
재회를 꿈꾸며
평생을 달렸지만
기뻐할 수조차 없다.

꽃잎이 탄생했던
그날의 첫 만남
그리고 시들어버린 오늘
이별에 젖은 해후

마지막 열차가 플랫폼에 닿는다.

보청기 살충제

"시끄러우니
소리는 그만 지르려무나."

몇 년을 말없이
옆집 아낙과
묵묵히
밭으로만 가시더니
어느 날엔가
고구마를 넝쿨째
들고 오셨다.

뜨거운 태양을
한 움큼 씻어내고
아직 여운이 남은
태양 빛 닮은
붉은 빛깔
보청기를 꺼내신다.

황금인들 저리 소중할까
이리저리 어루만져 충전을 하시고
내일 또 고구마밭으로 가신단다.
"동네 아낙들과 수다도 떨고
재미있단다."

집으로 돌아오는 길
갑자기 전화벨이 울린다.
"너, 살충제 가지고 가니?
내가 지금 필요하단다."

'보청기라는 단어를
모르셨던 어머니에게
가장 친숙한 단어는
살충제였구나.'

뜨거운 태양,
거센 폭풍우와 맞서
들녘을 지켜낸 삶

보청기가 살충제인 것은
지는 태양이 바닷속으로
숨는 것만큼이나
그러하다지만 숨겨둔
아린 가슴 눈물 머금었구나

꿈, 파일럿

- 세월호 3주기 추모시

대지에 내린 따스한 숨결
4월은 왔건만 팽목항엔
떨어진 꿈 폐허처럼 뒹굴고
파일럿을 꿈꾸던 너의 날개
낙서 가득한 책상과 함께
깊은 바다 후미진 골목길
미라처럼 박제된 꿈에 갇혔구나.

오늘도 어제의 내일은 왔건만
오늘의 어제는 날카롭게 찢기어
한 발자국도 내딛지 못하고
차가운 바닷속 어둠으로 흐느낀다.

노란 꽃 한 송이 주인 없이 흔들리고
빛바랜 리본 생기를 잃어가도
너희들의 푸르른 꿈 지켜줄 이
우두커니 어디를 바라보는가.

제5장

렌드라의 검은 새

"그는 사랑스러운 강물을 마시며 그는 흔들리는 잎사귀에 잠을 잔다."

- 렌드라

누누사쿠[2]

세람 마을 한 소녀
논두렁 밭두렁 갈팡질팡
소를 몰아 쟁기질 한나절
서투른 걸음만 천근인데
야속한 마음 담아
누누사쿠만 올려다본다.

숨 쉬며 사랑하며 기다리며
이제 겨우 2천 명 남짓인데
아직도 텅 빈 그대 떠난 빈자리
어제 왔던 그 길 되돌아가는 길
같은 언어로 찬웃음 남겨둔 채 떠난
그대 위한 기다림 누누사쿠

----

2 '누누사쿠'를 포함한 제5장은 국내에 더욱 많은 인도네시아 문학이 소개
  되었으면 하는 바람으로 엮은 장이다.

렌드라의 검은 새[3]

"그는 사랑스러운 강물을 마시며
그는 흔들리는 잎사귀에 잠을 잔다.
그는 검은 새이지만 슬프지 않으며
검은 새는 숨겨진 너에 대한 나의 사랑이다."

그대, 오늘도 거칠게 흐르는 강물을 못 본 체하는가.
흔들리는 잎사귀와 찬 서리 냉기에 몸부림치며
슬픔으로 까맣게 변한 검은 깃털을 숨기고
그대, 떠난 연인을 열망하는가.

---

3 고영훈, 정순희 외, 『인도네시아 문학의 이해』, p. 176

하이누웰레[4]

인도네시아 세람 마을에
한 소녀가 살았어요.
시의 정령 파이누웰레와
비슷한 이름이지요.
소녀의 이름은 하이누웰레
야자나무 가지라는 뜻이랍니다.
파이누웰레가 시를 지어 노래하면
보통의 아이들과 달랐던 이 소녀는
제 몸에서 황금 보물을 만들어
사람들에게 나누어 주었지요.
그러던 어느 날
사람들은 점점 소녀를 두려워하고 시기하여
구덩이에 밀어 넣어 죽여 버렸답니다.
파이누웰레의 슬픔 가득한 노래가
온 세람 마을을 통곡하듯 흔들었지요.

---

4   아돌프 엘레가르트 예젠, 헤르만 니게마이어 지음, 이혜정 역, 『하이누웰
레 신화』

그런데 소녀의 시신이 조각조각 묻힌 자리에서
여러 종류의 뿌리 구근식물들이
쉴 새 없이 자라났더래요.
파이누웰레는 죽음 아닌 생명과 탄생을
노래하며 하이누웰레를 찬미했어요.
이렇듯 죽음을 통해 새 생명으로 탄생한
하이누웰레는 농경의 기원신화가 되었고
우리는 지금도 하이누웰레 소녀를
일상의 노래와 식물에서 만나고
신화 속에서 기억하는 것이랍니다.

만뜨라(Mantra)[5]

잉태

나는 너의 근원을 알고 있지
아담과 하와가 너를 만들었고
너의 근원은 네 어머니의 밭이다.

물은 너의 근육이 되었고
불은 너의 피가 되었으며
바람은 너의 숨결이 되었네.

어머니로부터 붉은 피
어머니로부터 붉은 피
아홉 날은 아버지의 몸속에
아홉 달은 어머니의 몸속에.

....

5 만뜨라(Mantra): 학자에 따라 이견이 있지만 일반적으로 말레이 반도와
   인도네시아 군도 지역에서 가장 오래된 시 형식이라고 알려져 있음. 위
   에 인용된 「잉태」라는 시는 인도네시아 리아우 지방에서 유래하는 아이
   의 잉태와 관련된 만뜨라이다(『인도네시아 문학의 이해』, pp. 17~19).

- 중략 -

나의 이 기도로
나의 이 기도로
네가 온전한 몸으로
태어나길 원하네.

히까얏(Hikayat)

멍인드라 왕은
후궁 마헤란 랑까위를
사랑하다 사랑하지 않은 채
죽음의 망토를 입혔어요.

마헤란 랑까위는
임을 향한 정조와 절개로
죽음 아닌 죽음으로 추락한 채
일 년을 백 년처럼 숨어 살았죠.

이스마야띰은
고요한 지혜와 기지로
위장 아닌 진실의 수호자로
랑까위와 공주 끄말라를 살리고

락나 *끄*말라는
왕인 아버지의 오해로
생명 아닌 생명으로 잉태된 채
새로운 이스마야띰 지혜를 얻게 되었지요.

My name is Lisa Yoon LES who loves reading
and writing poetry. According to W. H. Auden,
a poet is, before anything else, a person who
passionately in love with language, there must be
those of you who are in love with language as I
am now and will be for the rest of my life. Thus
today I would like to share my second collection
of poetry with you. Although I am a passionate
language lover myself, I suppose that I am not
entirely ready to publish the second one. However
I assure you that I have dedicated myself to
trying to develop the essence of my poetry for
the second attempt as much as I could, and I can't
deny that each individual verse in this book is the
resonant language of my soul. Publishing a book,
I am assuming that facilitating interactions with
friends and readers from around the globe would
help me deepen and expand the world of my

poetry.

This book, "Cascate" is composed of six chapters, and each chapter has its own unique colors and features. For example, while some are based on myths, legends, and folktales, others are greatly inspired by individual daily experiences. I often get inspired by a trivial thing as most of you do on a regular basis. The language of this book is a mixture of three languages: Korean, English, and Italian. If you consider yourself as a polyglot or love learning a new language, it will be an excellent opportunity to read it in three different languages. From the perspective of a lifelong student, I always find myself as a language learner rather than a language teacher; besides, I adore language itself which is one of the greatest human inventions ever, all others pale in comparison.

To be a little more precise about the book, there are about 60 poems including several Indonesian poems translated into the Korean language: Burung Hitam, and Mantra, etc. and a few Italian ones: A Casa, and Cascate which were written in Italian. A splendid translator and a writer, Roberto

Pasi(il mio meraviglioso insegnante di italiano) wrote a poem titled "A Casa" of the last chapter. It is a deeply profound and philosophical poem that refers to death with metaphoric words, and the other Italian poem "Cascate" is a translated one from English, the English title is "Waterfalls" from my first book. I hope all of you enjoy reading poems from time to time. Thank you for your interests and I truly appreciate you for having and reading this book. If you have any questions or comments about the book, you can reach me anytime at lisayoon7175@gmail.com.

October 2, 2017

LISA YOOM LES(Yoom, Hae-ryoung)

100

제6장

Cascate

Un giorno, Ricorderai quei profumi in te stesso, quando quel si-
lenzio si sveglia.

내 숲으로 가자

두 해하고도 두 달
그리고 이틀이나 더
내 숲에 머물렀다. 그는

내 숲 오두막에는
달랑 의자 하나, 책상 하나
그는 그의 언어로 편지를 쓰고
나는 그의 언어로 편지를 쓴다.

느지막한 오후 산책로
종달새 지저귀는 소리
숲 가장자리 호수에서
들려오는 바람 소리에도
따사로운 그의 언어가
아름드리 물든다.

2년 2개월 2일이 지나
그는 말없이 떠나고
내 숲에는 덩그마니
낡은 책상 하나, 의자 하나
한때 그의 언어였던
내 숲은 시들어간다.

이제
종달새 지저귀는 길
호숫가 숲에서 울리는
바람 소리에도
엄마의 속삭임 깃든
모국어가 숨 쉬는
엄마의 땅 내 숲으로 가자.

쉬운 언어

　`

요즘 네가
자주 사용하는 말

대박!
노잼, 헐, 롤(LoL)
드립, 짱, 안물
짱나!

잔잔히
흐르는
집 앞 개울가
시냇물 소리

편리하고
쉬운 너의 언어들
흐르는 명상 속에
잠시 담가 보렴.

청아한
느린 물소리에
바쁘고 짧은
너의 언어가
숨 고르기를 하는 게
느껴지니

조금만 더 기다려봐
담백한 맑은 빛
모국어 맷돌로
빚어내는 소리

조금 길어서
숨쉬기가 힘들까
아니면 너무 짧아서
숨쉬기가 쉬워질까

라 트라비아타

낯선 여행에서 돌아와 마주한
구겨진 방 한 켠 켜켜이 쌓인
먼지 앉은 책 한 권
라 트라비아타

유년 시절을 송두리째 빼앗아 간
기이한 비어고글 제목
조그만 꼬맹이 아이에게
이국의 언어를 쥐여주고
먼지 속에서도 생생한 언어를
잉태하는 라 트라비아타

여전히 누런 종이 백 년 향기
라 트라비아타~ 넌 또다시
이국 이야기를 들려주려 소곤소곤
수십 년을 돌고 돌아
연어처럼 회귀한 길목
색 바랜 거리에서 뒹구는
내 모국어 이름 - 춘희 -

흰색 욕망 전차

이국의 언어로
가득한 욕망 전차

칸칸마다 열리는
유년의 향수

블랑슈의
미숙한 욕망을

스텔라의
사랑스러운 이중성을

스탠리의
합리적 잔혹함을 실었다.

친절한 웃음으로
하얀색 가운을 입은 사람들

새하얀 건물을 향한 발길
어디선가 들려오는 유년의 소리

엄마의 언어가 나를 부른다.
블랑슈!

햇살을 잉태한 구름

오늘은
소월 대신 셰익스피어를 만나고
내일은
목월 대신 캠피온을 읊조리겠지

동녘의 눈 부신 태양은
로미오의 방랑을 부추기고
소네트 시어(詩語)는 그에게
영원한 생명을 불어넣는데

천사의 눈을 가진
그녀의 정원
탐스럽게 익어가는
체리들로 가득하고
그녀의 비밀스러운
속삭임 - 생명으로 동튼다.

나를 떠나는 임
행여 다칠까 붙잡지 못하고
사뿐히 즈려 밟아
보내 드릴 진달래꽃
어디메 산천 천지에
생명으로 피었더냐.

길 가던 나그네
구름처럼 흘러
그리운 임에게로
별이 흐르고
술이 익어가면
새 생명을 얻으려나.

햇살을 잉태하고
구름을 닮은 채
임에게로 가는 그리움
진달래꽃 나그네 숲으로
우리 그렇게 가자꾸나.

Meant to be[6]

Two mothers pray at dawn
before the divine freshly drawn water
Soon exploded like a surging wave
and became a thunderstorm.

At a toenmaru
of a Buddhist temple,
He practices the Heart Sutra
as the world begins.

The stone steps with the
pitch-dark of the silence and agony
On his way, gazing the gleaming eyes
of the white tiger for guidance far away.

6 **About the poem '인연(Meant to be)':** This poem is originally written
in Korean and was awarded in a poetry contest. The poem de-
scribes the poet's parents who first met each other at a temple on
the mountain.

https://fivewillowspoetry.blogspot.kr/2017/02/two-poems-by-lisa-
yoon-les.html

A girl with her mother standing

with a shy smile like the first time

Their eyes, fluttering hearts met in the air

the universe quotes "It was meant to be"

Girl Who Carries a Clutch[7]

The girl who carries a clutch

is just passing me by

Her fragrance of autumn sweetness

soothing my slight pain.

The codes, signs and big data

packed and alive in her backpack

Ready to be her intelligence, but

O heavens! They are all gone.

---

7 **About the poem '클러치를 든 그녀(Girl who carries a clutch)'**: This poem
   is originally written in Korean and was translated into the English
   language later by the poet herself. The poem describes a girl who
   used to carry a backpack with a laptop which had a large amount
   of information. Now she carries a clutch which means she remem-
   bers most of the knowledge in her brain but not in her heart yet as
   she had dreamt.

   https://fivewillowspoetry.blogspot.kr/2017/02/two-poems-by-lisa-
   yoon-les.html

Gravity matters droopy backpack

The fish swimming in it elegantly

Thou trying to reach out her heart

O heavens! only stole her brain.

Waterfalls

In the waterfalls of my mind in July,

I see the silence of your scents.

I was passing by the road

while hearing your silence.

Someday,

you will hear the scents in yourself

when the silence is awakening.

We own the silence of the fragrance

beyond the waterfall.

Will we meet again in the gray winter?

Cascate[8]

Nelle cascate della mia mente a luglio,

Vedo il silenzio dei tuoi profumi.

Camminando per la strada

ramentavo il tuo silenzio.

Un giorno,

Ricorderai quei profumi in te stesso,

quando quel silenzio si sveglia.

....

8 『Waterfalls』 이탈리아어 번역(번역: Roberto Pasi, Lisa Yoon LES, 검수: Roberto Pasi)

Roberto Pasi: Italian editor, translator, Italian teacher at Italian institute of cultural Seoul and private institutes. Two passions: Reading and writing. Graduated from University of Siena in Italy. Professional Journalist.

Signori del silenzio di quella fragranza

oltre le cascate.

Ci incrocieremo allora in grigioso inverno?

A Casa

- Roberto Pasi[9]

Lacrime perse nell'oceano

Immagini svanite nei colori

Parole dimenticate nella memoria.

Corpi che si abbracciano scomparendo
l'uno nell'altro.

Pace infinita con un silenzio che riecheggia
assordante.

---

9 Roberto Pasi: Italian editor, translator, Italian teacher at Italian insti-
tute of cultural Seoul and private institutes. Two passions: Reading
and writing. Graduated from University of Siena in Italy. Profes-
sional Journalist.

The Glory of Walking[10]

- The Glorious moment I met *Walking by
H.D.Thoreau*

You entered the dark forest that is my mind
At dusk, gleaming

You stepped into the gloomy jungle that is my
heart
Shining, fending off shadows

You came into the grizzly cottage that is my soul
Glowing, rounding the curves

You soothed my torn, cracked heart
Glittering, dazzling as the play of my bracelet

You amble and saunter,
Bringing brilliance into my shed

---

10 https://fivewillowspoetry.blogspot.kr/2015/09/two-poems-lisa-
mn-yoon-les-south-korea.html

You are freedom and the unfettered wildness

That at once is also civilization's peak.

Idol Star—smtm4[11]

– Following We Real Cool by Gwendolyn Brooks

Thou aspire inspire. Thee

Hip-hop K-Pop Thee

Respect suspect. Thee

Cynical critical Thee

Mask-on & off. Thee

Rapping choking. Thee

Cracked Ordinary Thee

O Ordinary Off

11 https://fivewillowspoetry.blogspot.kr/2015/09/two-poems-lisa-
    mn-yoon-les-south-korea.html

Epic Star-smtm5

Who rocks and inspires all the fish
in the fishbowl is like Karttikeya. A boy
6 verses / 12 musical instruments
from his brother, Ganesha.

9,000 colorful, talented fish in the fishbowl
stopped breathing at the moment.
The silver fish steals the soul
of Red Super Jelly Fish.

Plays the piano like Mercury
Raps like the god of music
and poetry, Bragi. He
The epic boy admires
the backup rapper, his daddy
Being with daddy without 4 letters
- CVCC. FOREVER.

Dedicating his stage

to the Holy Spirit Trinitas, Ma Lord.

The epic star conquered

the battle of the smtm5

with only 6/12 water.

Walking towards the Bethel of the smtm5,

he purified thy tongue

with the water of scared verses.

저자 약력 **윤혜령(Lisa Yoon LES)**

- COURSERA-CALARTS: Sharpened Visions: A Poetry Workshop
  수료
- EdX: The Divine Comedy: Dante´s Journey to Freedom 수료
- EdX: Hamlet's Ghost 수료
- EdX: The Art of Poetry 수료
- 코세라(COURSERA) 강좌 자막 번역 및 영시 번역
- 『Five Willows Literary Review』 영시 다수 발표
- 연구 관심분야: Smartphone-Based Blended Learning(SBBL)
- 미래 연구 관심분야: 신곡, 삼국유사, 인도네시아 문학(렌드라) 연구
- 계간 문예지 『미래시학』및 『문장21』 등단(시 부문)
- 제1시집 『엄마와 양귀비』 출간
- 영어영문학 학사, 영어콘텐츠개발학 석사, TESOL(테솔)학 석사
- 현) Walden Univ.: Educ. Adm. & Leadership - Ed.D. 박사과정
- 현) LES 어학원 운영